꽃은 열매를 남기고 간다

윤덕숙 시집

꽃은 열매를 남기고 간다

책만드는집

차례

1

2

3

4

1

공이와 절구

당신 없이는
살아 있어도
살아 있는 게 아닙니다

예이제*

비도 과하면
꽃잎 떨어집니다

아름다운 건 본디
아름슬픔이더이까

*예이제 : 예전과 지금을 아울러 이르는 말.

본능 本能

풀도 지치면 풀이 죽습니다

오월의 덩굴장미

한두 걸음 뒤에서
눈으로 안아주셔요

잠에서 막 깨어난 얼굴이
미울까 봐서요

열흘을 백 년처럼 받들어
당신만의 사랑이 될게요

풀밭

어머니처럼 강합니다
좋은 옷 탐하지 않고
오직 끈기로
옷을 삼습니다
눈칫밥에 틈틈이
풀잎 자리 세우고
몽참실이*
돌아눕는 풀잠맹이입니다
풀은 알지요
따가운 꿈이 없다면
절대로
초록 웃음이 될 수 없다는 것을

우리는 사랑에 빚진 존재입니다

*몽참실이 : '지긋지긋하다'의 거제도 사투리.

싸리나무꽃

실패했습니다
나타내기에

나타내려고 억지 부리지 않고
바라만 볼게요

선뜻 반할 수 있는
매력 없어도

적당한 보랏빛
헤살거림이 좋아

사알짝
귓불만 만지작거릴게요

행복

비 온 뒷날
냇물엔 힘이 실리고

사스레피나무에 앉아 노래하는
파랑새 소리를 듣습니다

어쩌랍니까?
감사의 벅찬 눈물을

시詩

사랑의 눈으로
마주 보며 웃는 이들이 있지요

밤이 깊어가는 시각, 정이 여물어가는
소리가 들리네요

당신과 나 목숨 다하는 순간까지
예던 길* 돌아보지 말아요

*예던 길 : 가던 길.

산목련

인생은
얼마나 얄망궂은 것이더냐

말 속의 말
삶 속의 삶

숲에 기대는
풀꾹이 소리

산목련꽃 진 가지에
잎은 숲처럼 무성하다

매화꽃

꽃샘바람도
사랑이더이다

맨날 먼바루*에
붉은 그리움 수놓았더니

온몸엔
희맑은 꽃이 돋아

모양도 빛깔도 없는
향기가 되더이다

*먼바루 : 먼발치.

시간의 기둥

얼굴 가리고
어찌 그리
엎어져 있는가?

충만하게 빛나던 눈
붉은 해넘이에
단 눈물 삼키던
넌

그토록
살갑던 말
속속
눈감아 버리고선

예 살던 마루에 앉아
먼지바람만 일으키고 있는가?

별칭

여남은 살쯤 되었을까
딸과 아들에게 나는 엄마가 아닌
미숫가루 양이었다
여름이 한창 너풀대던 어느 날
시원한 것이 생각날 때면
애들은 다가와
"미숫가루 양"
"미숫가루 양"이라고 웃으며
쨱쨱거렸다

자녀子女

피血는 아프다
젖나무에서 젖이 흐른다

사람

내川를 건널 수 있게 하는
디딤돌이 되어간다면
그대는 지극히 단단한 인간입니다

개성

틀에서 나오려거든
모자람을 쪼아라
부리가 상하지 않도록

적당한 간격과
온건함을 품고
주둥이에 집중하라

간절한 뜻도
세상도
상하지 않게

아버지

아버지의 손을 잡고
발등에 발을 포갭니다

"아가야

힘겨울 땐
몸과 마음과 영혼을 얹거라
한 알의 포도 속에도
등 푸른 생채기 고여 있고
매미도 한철이라고
저리 울음바다를 이루는데

아가야
어찌 기쁨 속에서만

해가 뜨겠느냐"
본 적 없는 아버지의 손을 잡고

따지지 않고 따라갑니다
헤매지 않고 그냥 갑니다

흐르는 것엔 무늬가 없다

금방 설움을 터뜨릴 것 같은 하늘,
자동차 소음 속에
웬 밤꽃 내음?

콧등을 찡그려보지만
흐르는 것엔
무늬가 없습니다

막대 사탕 하나씩 물고
여중생들이
깔깔거리며 다가옵니다

아, 나도 저런 시절이 있었지
푸새처럼 파릇파릇했던
때가 있었지

시클라멘

공연히
흐르는 눈물이 있으랴

절연한다고 떠날 그리움이면
애당초

꽃이 되지 않았으리

2

붕어빵

불판 속에서 달구어져
끝내는 뒤집혀
세상 밖으로 나온다
허기진 입 안으로
미끄러지듯
머리부터?
아니면
꼬리부터?
형태에 의존해
한 사람의 배고픔이 된다

제로섬게임(zero-sum game)

그럽시다
한 그루의 나무를 세상이라고 해보지요
가지에서는
매일
생존경쟁이 치열하겠고

더 높이
더 넓게
더 많이

앞 다투어 물과 햇빛을 향한
싸움이 시작되겠지요

나무도 나무를
그것도 애나무를
살기 위해 가린다는 것을 아시는지요?

선택

손으로 바람을 막는다
보는 사람이 없네

음흡 뻐꾹

초등학교 시절,
전국 어린이 합창 경연대회에 나가기 위해 합창반 친구들
과 열심히 노래 연습을 하였습니다 합창 경연 대회의 날짜
가 가까워지자 선생님께서 신경을 곤두세우시며 저희를 다
그쳤습니다
"지정곡을 잘 불러야 한다 그래야 점수가 높단다 자, 내가
선창을 할 테니 두 파트는 잘 듣고 아름다운 조화를 이룰 수
있도록"

선생님의 노래가 끝나고 곧이어 합창이 시작되었습니다
"뻐꾹 뻐꾹 뻐꾸기의 노래가 뻐꾹 뻐꾹 은은하게 들린다
뻐꾹~"

알토 파트에서 한 아이가 뻐꾹 하며 한 박자 빨리 나와버
렸습니다
"누구야 뻐꾹 한 놈이"
그러자 한 아이가 손을 들었습니다
"앞으로 나와"

그 아인 여러 아이들 앞에 우두커니 섰습니다

"임마, 음~ 뻐꾹 하란 말이야 음~ 뻐꾹 알았어?"

"네"

합창이 시작되는가 싶더니 한 소절이 끝나기도 전에 선생님은 크게 화를 내시며 벼락같이 소리쳤습니다

"음~ 뻐꾹 한 놈 누구야 음~ 뻐꾹"

"전데요"

"이번에도 또 너냐"

"이놈아, 음~ 뻐꾹 하란 것은 한 박자 늦게 들어가란 말이야 한 박자 늦게"

우리는 웃음을 참지 못할 정도가 되었지만 분위기상 웃음을 터뜨릴 수가 없었지요 우는 것인지 웃는 것인지 아이들은 참으로 묘한 음정으로 다시 노랠 부르기 시작했습니다

"뻐꾹 뻐꾹 뻐꾸기의 노래가 뻐꾹 뻐꾹 은은하게 들린다 뻐꾹 뻐꾹 아름다운 노래가 뻐꾹 뻐꾹 구슬프게 들린다 아~ 늦은 봄 하늘 저 멀리 들려오는 그 노래 아름답다 너의 소리가 뻐꾹, 뻐꾹, 뻐꾹"

검은 비닐 봉투

새가 난다 검은 새가
이십 층 높이에서
훨훨 나는 새는
날개를 달아준
그 누군가에게 인사를 하듯
펄럭펄럭 잘도 날아간다
때는 가을이라
단풍 진 나무 위에 앉을 듯 앉을 듯
하면서도
제 흥에 겨워
이 나무 저 나무에도
머물지 않고
아래위 좌우로
바람 길을 따라간다
자기가 누구인지
무엇을 위해 태어났는지도
아랑곳없이
새가 된 순간

이름도 알지 못하는 나무 꼭대기에
쓸데없이 내려앉는 자태여
그래, 그대는 잠시 자유로웠느뇨?

박물관의 반달칼

별이 몸 안에 갇혔어요
창공의 소매 끝을 잡고
밤하늘의 빛 가루가 되고 싶었어요

그런데 쇠붙이로 다듬어져서
뭔가 넘어뜨리지 않으면 안 될
운명에 처해졌지요

그렇지만 괜찮아요 곰곰이 생각해보니
관람객의 눈동자 속에서
매번 반달로 떠오를 수 있다면—

건강한 삶

가짜 꽃잎에 이슬방울 만들어
연못에 띄운다고, 진짜
연꽃이 되는 게 아닙니다

떠나는 차는
숨이 차도록 내달려도
뒷거울 한번 쳐다보지도 않고
가버리던걸요

이윽고 달이 뜨고 이제나저제나 기다리던 목소리가 들립
니다
　"찹쌀떡~" 하며 외치는 소리가 "재치국 사이소" 하며 이
른 새벽을 깨우는 소리와 닮았습니다 생존이 걸린 절박한
소리가 분명합니다만 참말로 그 소리가 아리고도 정겹습니
다 잠든 아파트 사이를 보풀이 일도록 넘나드는 굳센 삶이
너무도 건강합니다
　돈 버는 것은 기술이지만 돈 쓰는 것은 예술이라는 말이
소복이 쌓이는 밤입니다

걸음

자꾸만 빨라지려는 걸음을 늦춥니다
마음먹기지요, 걸음은
상술로 꾸며진
가게 앞의
쉼터하며
가쁘게 치솟는 아파트 사이
슬레이트 지붕의 고적함을 읽으며
저고리 바람의 세상을 바라봅니다
지느러미를 움직여 뭍에서 헤엄치는 물고기가 물을 잊고
살듯이 빨간 십자가는
길 안 든 이들의 싸늘한 심판이 되고
흠 많은 자신을 눈여겨볼 적마다 지는 꽃에게도 괜히 미
안합니다 그러나, 누군가로부터 영원한 사랑을 받는다는 것
은 분명 축복이 아닐 수 없습니다

그러기에
우렛소리에도 평온이 깃드는군요
지나가는 비에 젖지 않으려고 가던 길을 멈출 수야 없듯이

젖기로 작정한 바에야
아주 가볍게 걸으려고 합니다

고약膏藥

기다리셔요
어중간함이 무르익을 때까지

섣불리 터뜨렸다간
고약하기만 하고
뾰루지는 불같이 덤벼들 거여요
기다리셔요
썩은 피
반드시
길을 잃을 때까지

사과 속 씨는 셀 수 있어도

내사, 마
웃으며 살라요

누가 뭐라 캐도
올 비는 옵디다

살아서 할 짓은
우기지 않고 웃는 일

내사, 마
내려놓고 살라요

사과 속 씨는 셀 수 있다 캐도
씨 속 사과는 우찌 셀끼요

내사, 마 애매모호한
밤길 다신 걷지 않을라요

삶은 사랑을 알아가는 가슴앓이다

참사랑엔 연기演技가 없습니까?

사랑으로

행복하지 않은 바보 있습니까?

사랑은 성내지 않는 자만이

오래 지킬 수 있고

보듬을 수 있습니까?

벼랑에도 볕은 들고

먹바위에도

파도는 쉬임 없이 입 맞추듯이

참사랑엔 질림이 없습니까?

세대 차이

빨 · 주 · 노 · 초 · 파 · 남 · 보는
무지갠 기라ㅡ
뭐라꼬요?
아입니더
무지개란
지게가 없다는 뜻이라카이요
지게가
뭣인 줄 몰라도 상관없다 캐도요
그랄빼사*
아무나 될라꼬 안 카겠는교?

*그랄빼사 : '그렇게 할 참이면' 의 경상도 사투리.

가장 향기로운 향수는 가장 작은 병에

계절이 바뀔 때마다 맘이 먼저 알고 드러눕네요

가는 봄이 못내 아쉬워서도 그렇다고 오는 여름이 신통해서도 아닐진대 일 년에 꼭 서너 번 힘겨운 사투를 벌이네요 가을에만 피어야 할 꽃님들도 이젠 그 경계가 무너진 지 오래고 자고 나면 새로운 세상에

왠지 어색하지만 하루는 너무도 덤덤합니다 어느 해던가? 사랑하는 어머님이 소천하시던 그날도 사람들은 웃고 떠들고 모퉁이를 돌아 제 갈 길로 꼬물꼬물 가고 있었습니다

주위는 밉살스럽도록 그대로인데 칼바람이 몸을 후려치고 저녁의 그 음산함과 아침이 주는 조롱은 제대로 울 슬픔조차 꺾어놓았던 기억이 첨첨 쏟아져 내리고 있습니다 그리고 정말 많은 세월이 흘렀습니다

나와 반생을 같이한 의치도 편안히 자기 갈 곳을 갔습니다

인생은 많은 것을 가르칩니다 사랑하고 배우고 기다리고 작게 다듬어나가라고 말입니다

2할 9푼과 3할

1푼의 차이라고
칠푼이는 들었습니다
그게 무에 대수라고
차조 백 바퀴 구르나
수박 한 바퀴 구르나
칠푼이는 이해할 수 없었습니다
함께 있는 것이
부담이 될 수 있다는 것도
도통 알지 못했습니다

유혹 誘惑

화분에 절로 자란
세 잎 클로버도
곱습니다
그러나 굳이
외면하시려거든
뽑으셔요
무턱대고 잡아끌다가는
오히려 왕성한
뿌리만 더 깊게
내리울 테니까요

산안개꽃 피던 날

마음이 이끄는 대로 집을 나섭니다 아파트 도로변 느티나무 가로수가 터널을 짧게 이뤄 그 그늘 속을 걷노라니 기분이 더할 나위 없이 좋아지고요

희뿌옇게 안개꽃 핀 날 세상은, 괜히 허술해 보이고 길섶에 망울진 뱀딸기 사람들의 무관심으로 질경이 틈새에서 아이처럼 웃었습니다 울적하면 울적한 대로 답답하면 답답한 채로 걸어보았습니다 여름새 소리가 비스듬히 우산 위에 떨어질 적마다 자갈길은 더욱 자갈거립니다 밟히면서 소리가 되는 돌. 점차 경사진 땅을 오르며 내게 맞는 보폭을 유지합니다 목적지가 가까울수록 걸음이 가빠지고 심우정尋友亭에 도착해보니 갯버들 두르고 뛰어오른 철없는 동백꽃 두 송이가 무척 정다워 보입니다 서둘러 안개꽃에 파묻혀 보니 마치 결혼식장의 신부처럼 면사포를 쓴 사방이 퍼즐처럼 띄엄띄엄 누워 있군요 한참 후, 벗바리 없이 사라지던 산안개가 가만가만 다가와 션찮은 영혼을 어루만지며 속삭입니다 잠시 머물다 가는 세상에서 어떻게 움직이며 떠나야 하는지도 보여주었습니다

3

지극한 사랑

애달프더이까
잊힐세라

밤낮으로
지켜보며

울 너머 가는 눈빛
돌이켜 세우고선

재바르게
쓰다듬으셨나이까?

지극한 사랑이
당신이었다니요?

별리

떠났다고
말하지 마셔요

보이는 꿈과 보이지 않는 꿈을 꾸다가
밤하늘의 별새가 된 이가 있지요

만날 수 없다고
만남이 해결된 건 아닙니다

마지막은 언제나
또 다른 이유가 되고

산 자는 어찌해도
오뉴월을 살아내지요

돌멩이는 던지는 데로 날아가듯이

살다 고되면

갈매기가 되어 끼룩거리던 착한 벗이
으레 바다가 되어 돌아옵니다

동심의 신선도

중년 부인 세 명이
시장 본 것을 들고 걸어오고 있네요
길가에 둔
도널드와 미키마우스를
손으로 흔들며 한 여인네가 말하네요
"나 이것 타고 싶다
다른 사람들이 보면 나 미쳤다고 하겠제……"

아닐걸요?
몸은 세월을 어쩌지 못해도
마음은 어쩔 수 있답니다

천진함은 부끄럼이 아니기에
나는 냉큼 그 위에 올라타고
성급히
앞뒤를 내달렸습니다

그리고 말했지요
"타보셔요, 엽기토끼도 있네요"

쌍춘년雙春年

한 해에 봄을 두 번 맞이한다는 쌍춘년,
고슴도치는 살기 위해
가시를 키우고
사납고 이기적인
인간은
끊임없이 죄성을 죽여야
나풀나풀 웃을 수 있더군요
오래전
책갈피에 끼워둔
단풍잎 한 잎
가붓이
들며 날며
봄 드을* 걷고 있네요

*드을 : '들'의 운치 있는 표현.

투덜이

위층 아파트에서
몰래 키우는
개의 할큄 소리는
짖을 수 없게 된
개 소립니다
잠시나마
만화 스머프의
투덜이가 되어봅니다
소리 지를 수 없는 것 싫어!!!
가두는 것 싫어!!!
무턱대고 사랑하는 것 싫어!!!

아기 새

아기 새가 아장거리며 노래합니다
엄마 난 참 행복해요
풀섶이 너무 이쁘네요
나비가 날고
잠자리 떼 웅성거리며
친구 되어주고요

사람들은 몰라요
노래하는 것이 얼마나 뿌듯한지
사람들은 몰라요
노래한다는 것은 등불이 된다는 것을

삐퐁 삐퐁 삐삐퐁

저기 젖꼭대기나무가 보고 있어요
어머, 뻐꾸기 아저씨도 노래해요
그래서 너무너무 행복해요

삐퐁 삐퐁 삐삐퐁

떡갈나무 잎이 먹잇감이 되어
망사 옷이 되었네요
실액을 늘어뜨리고 대롱거리는
벌레 오빠도 참 우스워요
그래서 신나요 세상은

연가 1

내버려 두세요
녹아 흐르다 보면
누군가의 가슴에 닿을 테니까

연가 2

좁은 길을 따라갑니다
무지개를 본 지도 꽤 오래되었다고 되뇌면서

서 있는 나무도 숨고 싶을 때가 있을 거예요

 여름이 한창인 때 은빛 찬란한 시그리를 몸에 휘감고 겁
없이 밤바다를 헤지르던 풀치*를 쫓아가 봅니다

 *풀치 : 갈치의 새끼.

연가 3

새벽녘마다 들리던 파도 소리와
어부들의 힘찬 노동가 소리

어야디야 어야디야~
어허야디야 어허야디야~
어야디야 어야디야~

만선으로 돌아온 배는 더 이상
배고파 배고파 하지 않았습니다

연가 4

넝쿨은 나아가다 멎기도 하지만
님의 사랑은 순전합니다

멍석달*

밤길이 좋아,
마주할 수 있음이 좋아
달빛 한 사발로
동트는 보고저움 마중 나가네요

*멍석달 : 보름달.

좋은 것은 다 좋다

콘크리트 빌딩 옥상의
철탑 십자가가
해 그을음에 눈부시다

귀를 쫑긋 세우고
믿음이
굳는 소릴 듣는다

정한 시각,

웃으며 보내는
만생만물에 힘입고

깊은 가을은
묵상하는 자처럼
떠났다

가랑잎이 된 은행잎을

눈짓으로 쓰다듬는다

차가운 담벼락에
한 손을 내밀다가

마지막 남은 잎새의
가로수 가지에
머릴 대다가

끝내는
맘으로 안아버리고 만다

사랑한다는 것은
거리를 사풋
좁히는 것이다

사람아,

겨울이 춥지 않도록
가까이 오라

칫솔질

칫솔질 제대로 한다면
이 세상 사는 일
문제 될 것 없다오

그러나, 조심해야 할 것은
투박한 치모는 삼가야 하오

잇몸에 피가 자주 난다고
걱정할 게 아니라
약해진 잇몸에 영양과
미세모를 선물해야 하오

칫솔질 제대로 안다면
이 세상 사는 일
그리 눈물 바람 아닐 게요

마중물

입춘도 지난 어느 날
눈꽃은 햇빛을 받아
자신을 응시하며
녹아서 물이 되는 순간까지
자연스레 제 몸을 보였지요
누런 수염을 늘어뜨린 산 풀 가장자리에
파아란 새잎이 들썩거리고
가랑잎들도
둥실둥실
떠다니고 있었어요
포근히 깔리우는 어스름이
언 땅 어루만져 품은
매화의 가슴팍에서
다독다독
다독이며 날고 있네요

용서

상처의 뿌리가 얼마나 깊었으면
죽음조차도
용서의 길로
이끌지 않는다라고 혹자는
고백했을까
그렇다
살려고 입 다문
피조개처럼
그 야무진 상처를 신의 보살핌으로
서서히 벌어지게 해야 한다
용서는 사람이 하는 게 아니다
오직 신만이
용서할 수 있으므로

작고 초라한 우리가
어떻게 용서라는 말을 할 수 있는가?

산을 내려와 앉아 있는 구름처럼

신명을 회복시키는 자연처럼

모르쇠 모르쇠 하며
살아내면 되는 것이다

봄 내 春川

는개*에 이끌려
냇가에 앉아봅니다

냇물 소리는
영혼과 한 몸 되어 흐르고

수없이 많은 사람들이
제자리를 찾아 헤매듯이

한 걸음씩 내딛는 소리가
비장하게 들립니다

일상에서
영영 들을 수 없게 된
다듬이 소리 같은—

툭탁툭탁
툭툭탁 툭탁

툭툭탁 툭툭탁
단단한 화강암과
박달나무를 사이에 두고
서답*이 무참히 반듯해지듯이

한 날의 괴로움은
그날로 펴졌으면 좋겠습니다

이제사
생땅 밟으며
새앙머리 계집아이가
키득거리며 달려오네요

*는개 : 안개처럼 보이면서 이슬비보다 가늘게 내리는 비.
*서답 : '빨래'의 경상도 사투리.

벽

내게 기대어 울고 있는 사람이 있습니다
내게 기대어 입맞춤하는 사람도 있고요

알고 보면,
가로막는다는 것은
불쾌한 것만은 아닙니다

가두지 않아도 갇혀 있는 존재가 있는가 하면
갇혀 있어도 자유를 누리는 존재가 있듯
진저리 쳐지도록
차가운 것이 나의 전부는 아니어요
내게도 등을 파고드는
사랑을 한순간 느낄 수 있는
눈빛이 있답니다
추우세요 많이
그렇다면 바람을 막아드릴게요
점～ 점～

뜨거운 기운이 감돌고 있네요
나는 당신의 자유의지랍니다

4

변화變化

이 세상에는
변해야 하는 것과
변하지 않아야 하는 것이 있더이다

잔디는 변해야 산다는 것을
누가 말해주지 않아도 압디다

진리는 결코 변할 수 없는 것이지만
진리가 아닌 다음에야
변해야 살고,

변해야 자란다면 바라건대
재빠르게 손 흔드셔요

난달에 허방 짚기엔
삶이 너무 짠~해서요

장산*애가

자신을 사랑하는 것과
자신에게 집착하는 것의 경계를
분별하며
산을 오릅니다

사시사철 푸르던
소나무가
언제부터인가
시름시름 앓더니
장산 곳곳에
소나무의 무덤들이 늘어갑니다

어설픈 잔꾀로
멈추게 할 수 없는
소나무의 병 에이즈
재선충이 물길을 막아
하루가 다르게 말라가는
소나무를 보고 있노라면

가슴이 너무나 아립니다
님이여!

*장산 : 부산시 해운대구에 위치한 산 이름.

신문

찬비 맞으며 신문지가
힘없이 공원 벤치에 누웠군요

무작정 기다리는 이의 반가운
친구가 되는가 싶더니

자길 억수로 필요로 하는 이의
비단 이불이 되었다가

이젠 멀거니
자신을 놓고 있군요

그도 그럴 것이
갠 날 흐린 날 가리지 않고

온통 하루를 춤추던
광대가 아니었던가요

하기사
한순간의 영광이
신문지뿐이랍디까?

정여울

웃는다는 것은
사람에게 뿌릴 내리고

먼 가슴 당겨
힘껏 안아주는 일이다

땅과 물과
볕의 기운으로
계단을 완성하는 접시꽃을
눈여겨본 적 있느뇨

웃는다는 것은
앞만 보고 걷다가

슬쩍
뒷걸음질해보는 것이다

선물

주시는 대로 받겠나이다
'소매 긴 김에 춤추듯이'

만복의 근원

아빠와 아들이 놀이터에서
공놀이를 하고 있습니다
끝물 장맛비가 보일 듯 말 듯
내리는 휴일 아침
아빠와 아이는 주거니 받거니 하며
땅을 오갑니다
아이는 안간힘으로
아빠를 넘어서려고 하지만
키보다 높은
공을
막을 재간이 없습니다

그렇습니다

우리의 삶도

키 높이 위로 훌쩍 날아가는
세월과 같을지 모릅니다

여름이 다 가기 전에
세상에 누워
누가 내 손을 잡고 있는지
알아야겠습니다

아롱디리

속이 불편하면

속이 웁니다

천둥은 먹구름 속에서만 우는 게 아니고

멀건 구름 속에서도 울었습니다

고민

말씀하시되
"무엇을 심든지
그대로 거두리라"

백발과 늙음엔 차별이 없다

신록의 계절,

이파리 한 잎 계곡 물을 따라 흐릅니다

여름 장마로 오랫동안 해님을 볼 수 없어 파리하던 수파가 잎의 몸을 덥석 안고 뺨을 비빕니다

하늘은 낮고 구름이 줄지어 섰는 날 어렵사리 단짝이 되어 우여곡절을 함께 겪으며 물땅을 뒹굴고 여울목에서 어쩔 수 없이 숨바꼭질하며 서로의 믿음으로 폭포에서 뛰어내립니다

아래로 곤두박질하는 순간 깎아지른 절벽 틈바구니에 핀 참나리꽃 한 송이를 넋 나간 듯 바라보았습니다

아, 외롭기에 행복한 꽃이 있구나

절벽에도 희망이 있음을 확인하며 흰 바위와 수초를 만나고 개구쟁이들의 발밑을 간질이며 넓은 바다를 향해 가는 물결과 잎은 서로를 든든히 여기며 평온한 마음을 잃지 않았습니다

견딜 수 없이 고통스러워도 자신들이 누구인지 결코 잊지 않았으며 다른 수원의 친구들과 어울려 사랑한 만큼 행복하

였음에 감사를 드렸습니다

　생명을 줄 수 있는 사랑도 값진 것이지만 창조주의 공평
함엔 끝이 없습니다

은총

상세히 표현할 수 없는 것

나비물*

예수님 대신 십자가를 지고
난데없이 골고다 언덕을 오른

구레네 사람
시몬을 생각합니다

*나비물 : 옆으로 쫙 퍼지게 끼얹는 물.

꽃 기도

일 년 삼백예순다섯 날
어떤 마음으로 사시렵니까?

오늘은 노랑매미꽃 기도
내일은 홀아비바람꽃 기도

꽃 이름 붙여 기도해보셔요

얼마나 많은 꽃들이
선량함으로 피었다가

선량히 돌아가는지 헤아리신다면
꽃을 위해 기도해보셔요

당신이 눈을 감고 기도하는 순간
세상의 꽃들은 행복해할 거예요

세상을 더 아름답게 하겠노라고
사랑의 빛다발이 되겠노라고

새는 바람을 타고 날면서도 바람을 알지 못한다

다급하면
무의식적으로
하나님을 부릅니다

그렇습니다

나 역시 하나님을 간곡히 부르며
시詩는 영혼의 구원이 될 수 없음과
평안 역시 누릴 수 없음을
때 되어 깨닫고
집으로 돌아왔습니다
잃은 양 한 마리를 위해
가슴 아프셨나요?
주께서
말씀하십니다

평안을 너에게 주노라
"평안을 너에게 주노라

세상이 줄 수 없는
세상이 알 수도 없는
평안〜
평안〜
평안〜
평안을 너에게 주노라"

뜬 소리

갈바람 익어가고 있는데
붙들여 있습니다
바로 보면 곱셈표가 되고
각도를 달리해서 보면 덧셈표나
십자가 모양이 됩니다
강한 바람이 불 때
흔들려서 부서지지 말라고
방비책으로 옥상 유리 창문에 폴리프로필렌 접착테이프
를 붙인 것이지요
찐득찐득한 껌이
사람 몸에 붙어 있다고 생각해보셔요
아마 일 분도 견디기 힘들 겁니다
태풍 때문이라지만
아무튼
볼썽사나운 건 볼썽사나우니까요
바람막이가 되기도 하지만
빛을 불러들여 어둠을 달래기도 했었는데⋯⋯
안팎을 내다보기엔 다소 불편하지만

달빛 쏟아지는 넓은 바다에 은파같이
빛나는 고운 이들이 있기에
살아 있다는 것은
좋은 책을 읽는 것만큼이나
행복합니다

하룰 다 읽고 난 후
옮겨 담을 것이 없는
빈 광주리와 같은
오늘이 아니어서 정말로 다행입니다

체중계

탈이 생기지 않고서야
득달같이 알지요

정직은 나의
생명이므로

구름의 이동이 심한 날도
똑바로 마음 다잡아

풍요로움이나 빈한함에 대하여
허물없이 저울질하지요

나를 나답게 해주는
그대 있음에 살고 싶어요

소중함에 대하여

1

양지에서 윤기 흐르는 잔디와 나무 그늘에서도 희망에 부
푼 초록 물결을 보았습니다 아무리 고단하더라도

인내가 준비한 선물에 귀 기울여보시지요 산속 비스듬히
하마 형상으로 철버덕 엎어져 있는 바위처럼 풍상은 흙 위
에 드러난 나무의 뿌리만큼이나 자신의 뜻이 아닌 자연의
뜻에 따라 순응하더군요

참삶과 참소망으로 향하는 길은 너무나 조용합니다 맑은
가을 하늘에 구름 한 점 없는 하루가 심심하더니 갑자기 쏟
아지는 소나기에 사람들이 우스꽝스럽게 날뛰는 모습들이
그물에 걸린 고기 떼처럼 보였습니다

바람 끝이 제법 서늘한 초가을, 길기만 하던 낮이 종아리
를 타고 올라 무릎에 얹혀 있네요

2

입추 백로가 지났는데도 여태껏 짝을 찾지 못한 매미의
안타까움이 쓰르라미와 귀뚜리 노랫소리에 주눅이 드나 봅
니다 추억을 끼고 지새울 여유도 없이 말입니다

가을이 마구 달리면 괜스레 성한 옷자락을 비비 꼬듯 자기 십자가를 지고 진리를 따라가겠지요 영원히 목마르지 않는 사랑을 찾아서

3
날 저물고
별빛 초롱초롱할 즈음

재스민꽃은
스르르르
향기를 흘립니다

밤에만 향기를 내뿜는 꽃
재스민

신의 섭리는
참으로 따뜻합니다

꽃들이 말문 열어
볕에 앉을 때

낮달과 눈 맞춰
말을 아끼지요

자기와 다른 태態를
이해하는 데 시간을 보내며

사는 동안
향내를 알아주는 이의
편안한 친구가 되는군요

꽃은 열매를 남기고 간다

장마 그친 날,
하늘은 어찌 이다지 맑은가

당찬 생명이
혹독한 겨울에도
꽃불 피우듯이

쌍벚꽃 구름이라고
다 비가 되는 것은 아니다

예저기
한동안 흐르다 맨땅이 된 개천에도
청청한 꿈은 있었거니

친구야, 땀 찬 저녁
결실은 생생히
가을에 타고 있고녀

꽃은 열매를 남기고 간다

초판 1쇄 | 2006년 10월 18일
지은이 | 윤덕숙
펴낸이 | 김영재
펴낸곳 | 책만드는집

주소 | 서울 마포구 합정동 428 - 49 4층 (121 - 886)
전화 | 3142 - 1585 · 6
팩스 | 336 - 8908
E-mail | chaekjip@chol.com
출판등록 | 1994. 1. 13. 제10 - 927호
ⓒ 윤덕숙, 2006

ISBN 89 · 7944 · 252 · 1 (03810)